Birgit Otten

-

Halloween

Birgit Otten

Halloween

Sieben verhexte Geschichten

Mit Vignetten von Klara Bellis

Impressum

Ausgabe Februar 2018

Veröffentlicht über Kindle Direct Publishing durch die Autorin selbst:

Birgit Otten
c/o Papyrus Autoren-Club,
R.O.M. Logicware GmbH
Pettenkoferstr. 16 – 18
10247 Berlin

E-Mail: mail@birgit-otten.de

Covergestaltung: Yvonne Less / www.art4artists.com.au
unter Verwendung der Stockfotos Nr. 54731119, 125090506 und 82476054 von depositphotos.com
Textsatz & Layout: Daniela Rohr / www.danielarohr.de
Innenillustrationen: Klara Bellis / www.klarabellis.de

Inhalt

Rabenherz

Und, was meinst du? Welcher Hut steht mir besser?«

Tanya drehte sich vor dem Spiegel hin und her, und ich legte pflichtschuldigst meinen Kopf schräg und tat, als müsse ich überlegen. Sie sah natürlich mit beiden Kopfbedeckungen hinreißend aus, was bedeutete, dass heute Abend wieder Arbeit auf mich zukommen würde. Aber was hatte ich denn erwartet – es war immerhin Halloween, und Tanya war niemand, der daheimblieb, um auf bettelnde Kinder zu warten.

Im Augenblick trug sie ein mausgraues Kleid mit einem bauschigen Rock, das wirkte, als sei es mit Silberfäden verziert. Niemand würde wissen, dass sie einst Spinnweben gewesen waren und wie viel Mühe es gekostet hatte, sie einzusammeln. Nicht, dass es hier sonderlich sauber gewesen wäre, aber man musste verdammt aufpassen, dass die feinen Fäden nicht rissen und man nicht versehentlich eine der Spinnen erwischte, die auf persönliche Rache aus waren.

Was das betraf, konnte man sich nur wundern, was diese Viecher für ein Gedächtnis besaßen.

»Na, sag schon, Arkon!« Sie warf mir einen auffordernden Blick unter der überhängenden Hutkrempe zu, und ich antwortete mit einem zustimmendem Geräusch, weil sie sonst doch keine Ruhe gab. »Das hier, ja? Ach, du bist mir wirklich keine Hilfe.«

Das war auch nicht der Grund meines Hierseins, doch das würde ich ihr nicht auf die Nase binden.

»Gut, ich nehme den.« Tanya drehte sich ein letztes Mal hin und her und griff dann nach ihrer Handtasche, die sofort dieselbe Färbung annahm wie der Stoff ihres Kleides. »Ich gehe jetzt – warte nicht auf mich und mach keinen Unsinn!«

Ich krächzte, wie es von mir erwartet wurde, und sie öffnete die schwere Tür, verriegelte sie anschließend sorgfältig von außen. Tanya war vorsichtig genug, was das betraf. Zu vorsichtig, leider. In all der Zeit, in der ich mich nun schon bei ihr aufhielt, war es mir immer noch nicht gelungen, herauszufinden, wo sie den Großen Ring verwahrte, um den sich so viele Legenden rankten, dass man mir auf dem Schwarzmarkt Unsummen dafür bieten würde, sollte ich so dumm sein, ihn verkaufen zu wollen. Ich hatte es geschafft, diese Gestalt anzunehmen und mir Tanyas Vertrauen zu erringen – was wirklich nicht einfach gewesen war –, aber was mein eigentliches Ziel anging, sah ich mich noch immer keinen Schritt weiter. Und wie ich dieses Rabengetue leid war!

Vorsichtshalber wartete ich eine Weile, um sicherzugehen, dass Tanya auch nichts vergessen hatte und überraschend zurückkehren würde, dann machte ich mich erneut an die Arbeit, heimlich ihr Haus auf den Kopf zu stellen. Es geschah selten genug, dass sie mich allein ließ, und es galt, die Zeit gut auszunutzen.

Ich durchforstete die Küche, das Wohnzimmer, den Schlafraum, die Kammern – nichts, wie immer. Wie jedes einzelne verfluchte Mal. Tanya würde den Ring niemals an derart offensichtlichen Orten verstecken. Aber wo dann? Wo dann?

Einen Moment lang hielt ich inne und hätte gern die Stirn gerunzelt, wenn mir das mit meinen Federn möglich gewesen wäre. Es existierte hier noch ein Dachboden, doch auch dort gab es nichts als Mäuse, Staub und Spinnweben – den hatte ich natürlich auch schon untersucht. Hinter dem Haus, irgendwo im Garten? Wie geheim konnte ein Ort schon sein, der selbst vor mir verborgen blieb?

Hier stieß ich an meine Grenzen, so sehr ich mich auch abmühte. Und da ich es nicht wagte, ohne den Ring zu meinem Auftraggeber zurückzukehren, saß ich in einer Falle fest. Die Einzige, die mir meine Gefangenschaft halbwegs erleichterte, war Tanya selbst – eine ungewöhnlich talentierte Hexe, von der ich einiges lernen konnte, ohne dass sie es merkte. Und dabei im wahrsten Sinne bezaubernd, selbst aus der Vogelperspektive – an die ich mich auch erst gewöhnen musste. Seitlich angebrachte Augen bescheren einem doch eine ganz andere Welt als solche, die nach vorne blicken. Mein Humpeln, als wir uns kennenlernten, war das Ergebnis eines Pfostens, der aus dem Nichts heraus plötzlich vor mir aufgetaucht war.

Ich brauchte einen klaren Kopf, und so flatterte ich hoch auf das Fensterbrett und drückte den Schnabel gegen die Scheibe. So etwas konnte ich immer noch – Türen und Fenster gewaltlos öffnen, selbst in dieser geschrumpften Gestalt. Erleichtert zwängte ich mich hinaus und genoss die frische, klare Nachtluft.

Sofort nahm ich die beiden Gestalten wahr, die sich dem Haus langsam näherten; die Kürbislaternen auf der Veranda flackerten noch und warfen ihre gespenstischen Schatten. Die kichernde Stimme einer Frau gehörte Tanya, die tiefere daneben zeigte, dass sie in männlicher Begleitung war. Jetzt schon – wie viel Zeit war vergangen?

Ich warf einen Blick hinüber zum Mond, der sich müde hinter einer Wolke verkroch. Tatsächlich hatte meine Sucherei wohl länger gedauert als gedacht.

Seufzend schüttelte ich meine Flügel aus, stieß mich ab, um sie wenigstens einmal zu benutzen, drehte eine Runde ums Dach und erreichte das Fenster in dem Moment, als die Stimmen vor der Haustür angelangt waren. Schnell schlüpfte ich in die Wohnung zurück und hörte Tanya, die alles entriegelte.

»Ich hoffe, du hast Zeit mitgebracht.« Das war eindeutig an ihren Begleiter gerichtet. »Die Nacht hat doch gerade erst« – hier war ein deutliches »hicks« zu hören – »angefangen!«

Was der Mann hinter ihr darüber dachte, sollte sie allerdings nie erfahren, denn eine kleine Bewegung meinerseits ließ ihn verschwinden, bevor er sich auch nur räuspern konnte. Interessiert musterte ich die kleine Spinne, die hastig über den Boden sprang und sich in einer dunklen Ecke verkroch.

»Louis?« Tanya blickte sich suchend um. »Was ist los?«

Die Nacht und die Dunkelheit draußen schwiegen. Hoffentlich schloss sie bald die Tür, die Kälte machte unser beider Situation auch nicht besser.

»Louis?« Tanyas verwirrte Stimme entfernte sich kurz, bevor sie wieder näher kam und sich der Eingang mit einem Krachen verschloss. »Was ist denn nur mit den Männern los! Das kann doch wohl nicht wahr sein, dass der auch schon wieder« – hicks – »weg ist! So schlimm bin ich doch wirklich nicht!«

Wütend warf sie sich auf die Couch, und ich flatterte auf die Armlehne. Ich versuchte mich in einem krächzenden Trösten, aber vergeblich – erst flog der Krempenhut in die Ecke, dann brach Tanya in Tränen aus. Sie hatte eindeutig zuviel getrunken, man konnte es selbst mit einer Vogelnase riechen.

»Niemand kommt je zu mir herein! Immer gehen sie mir stiften. Was mache ich nur falsch, Arkon? Was?«

Ich sprang zur Rückenlehne hoch und trippelte näher zu ihr heran, bis ich auf ihre Schulter hüpfen konnte. In der Ecke kämpften zwei Spinnen um ihr Revier, aber sie bemerkte es nicht.

»Nicht mal der nette Kerl damals hat mich wiedertreffen wollen. Der, nach dem ich dich benannt habe, Arkon. Der mir auf der Feier begegnet ist. Dabei hätte ich schwören können« – hicks – »dass der brennend an mir interessiert war. Nicht von meiner Seite gewichen ist er, und er hatte was, wirklich! So ein gutaussehender Mann – au, Arkon, pass doch auf mit deinen Krallen! Und wir haben uns so gut verstanden. Der kannte sogar meinen Vater und hatte von dem Ring gehört.« Sie zog schniefend die Nase hoch, während ich sie auffordernd ans Ohrläppchen stupste. Das entwickelte sich ja gerade sehr … interessant?

»Na ja, wer hat das aber auch nicht – ich meine, vom Großen Ring gehört?« Sie lachte verzweifelt auf. »Die Wahrheit kennt ja schließlich keiner! Und ich werde sie eines Tages noch mit ins Grab nehmen müssen, weil es niemanden gibt, mit dem ich sie teilen kann – ja, Arkon, ist gut, außer dir natürlich. Du wirst sie niemandem verraten, nicht? Wie denn auch, du kannst ja nicht« – hicks – »sprechen.«

Nervös streckte ich eine Kralle aus und verhakte sie beim Zurückziehen ärgerlicherweise in einer von Tanyas Locken. Sollte ich tatsächlich endlich …? Heute, an diesem Halloween?

Ich konnte es kaum erwarten, dass sie endlich weitersprach. Es war, als hielten selbst die Spinnen in der Ecke den Atem an.

»Au, Arkon, jetzt pass doch auf!« Nicht besonders sanft griff sie nach meinem Fuß und riss den Zeh aus ihren

Haaren. Das würde mindestens einen blauen Fleck geben, soviel war sicher. Aber das war es wert, wenn sie nur … wenn sie …

Auffordernd stupste ich sie an und ignorierte meinen Schmerz.

»Weißt du, Arkon, es ist wie verhext …« – kurze Pause, in der sie über ihre eigene Wortwahl kichern musste –, »aber dieser verdammte Ring ist überhaupt nur schuld daran, dass ich so bin, wie ich eben bin. Ich kann nämlich überhaupt nicht zaubern. Kein bisschen!« Sie drehte ihr Gesicht zu mir, so dass ich genau in eines ihrer grünen Augen schauen konnte. »Nicht einmal das bringe ich fertig! Kannst du dir das vorstellen? Die Tochter meines berühmten Vaters hat nicht einen Funken Talent – so eine Blamage!«

Ich nickte verständnisvoll. Welche Anstrengung es mich kostete, dabei ruhig zu bleiben, kann wohl niemand ermessen.

»Aber neugierig war ich schon immer. Neugierig! Vor allem, wenn mir als Kind etwas verboten war. Zum Beispiel« – hicks – »das Arbeitszimmer meines Vaters zu betreten. Einmal musste er so schnell fort, dass er vergessen hatte, abzuschließen. Also bin ich …« – hier wurde ihre Stimme verschwörerisch – »… einfach hinein. Hab mich ein bisschen umgeschaut, war doch weiter nichts dabei. Und diesen alten Ring entdeckt, von dem ich natürlich nicht wusste, wie mächtig er war … nur glänzte er so schön …« Sie stupste mich an. »Das wirst du als Rabe sicher verstehen, nicht wahr?«

Oh ja, und *wie* ich das verstand. Weiter, bitte!

»Ich hab ihn mir also genommen und betrachtet, und ausgerechnet da hörte ich Schritte. Das würde ein Donnerwetter geben, wenn man mich hier erwischte – vor allem mit dem Ring in der Hand, denn ich wusste ja genau, dass ich nichts anfassen durfte! Was also sollte ich tun, Arkon? Was? Mir blieb keine Zeit, zu überlegen – die Tür öffnete sich, und – schwupps – habe ich mir den Ring in den Mund gesteckt.«

Ich holte entsetzt Luft. Es klang wie ein Krächzen, dem man den Hals umgedreht hat.

»Ja, ja, ja, was man als Kind nicht so alles macht …« Tanya gluckste wieder. »Mein Vater entdeckte mich sofort und wollte wissen, was ich hier zu schaffen hatte … Und ich sagte: ‚Nichts!' … Arkon … das ging ganz von allein … ich antwortete, ohne an den Ring zu denken … und, na ja … was soll ich sagen …«

Ich starrte sie nur sprachlos an.

»Ich hab ihn verschluckt.«

Das Schweigen im Raum war nahezu greifbar. Meine Pläne und Hoffnungen zerstoben ins Nichts, platzten wie ein überreifer Halloween-Kürbis, den ich jetzt gern an die Wand geworfen hätte, wenn ich noch im Besitz von Händen gewesen wäre.

»Natürlich haben sie es gemerkt«, flüsterte Tanya. »Aber da war es schon zu spät. Der Ring ist nie wieder zum Vorschein gekommen. Er hat sich stattdessen mit mir verbunden. Seitdem nutze ich seine Magie. Ist mein Fluch und mein Segen zugleich, wie's scheint.«

Ihre Stimmung schien wieder umzuschlagen, und sie wischte sich eine Träne fort. Ich hätte sie ja gern getröstet, aber noch war ich wie vor den Kopf geschlagen. Wie sollte ich *das* meinem Auftraggeber erklären? Ich konnte nicht zu ihm zurück!

Natürlich bestand die Möglichkeit, ihm statt des Rings die leibhaftige Tanya auszuliefern, wenn ich leichtsinnig genug wäre, das zu versuchen. Oder kaltherzig genug? War ich das?

Es würde ihren Tod bedeuten – oder gar Schlimmeres.

Tanya zog die Beine hoch und kuschelte sich auf der Couch zurecht. Kurz darauf verrieten ihre Atemzüge, dass sie fest eingeschlafen war.

Ich blieb noch eine Weile still sitzen und ließ die Dunkelheit in mich einziehen. In einer Ecke bewegte sich etwas, doch nicht einmal die Spinnen konnten mich ablenken. Ich war es leid, das alles hier – meinen Aufenthalt, meine Gestalt, mein Treiben. Mit einem Mal erschien mir alles so sinnlos.

Ich faltete die Dunkelheit in mir zu einem Beutel, den ich durch das Zimmer schickte. Sorgfältig sammelte ich alles Getier darin ein, das ich fand, öffnete das Fenster und entließ es in die Nacht hinaus. Weit genug vom Haus entfernt würden sie wieder zu dem werden, was sie einst gewesen waren – sofern sie eine andere Gestalt besaßen. Im Finsteren sah schließlich eine Spinne aus wie die andere.

Ich wartete eine Weile, bis auch das letzte der Viecher verschwunden war, dann seufzte ich und folgte ihnen, um ein letztes Mal meine Kreise unter dem Mond zu ziehen. Die Flügel würde ich vermissen – aber das war auch das Einzige.

Ob ich zurückkehrte oder nicht, mein Auftraggeber würde sich mit meinem Versagen nicht abfinden. Er würde es wieder und wieder versuchen, mit weniger skrupellosen Zeitgenossen, als ich einer war. Tanya brauchte besseren Schutz, selbst wenn sie von hier fortziehen würde.

Und ich brauchte ein neues Leben.

Ich setzte auf dem Boden auf und schüttelte mich, dann wuchs ich empor und genoss das Gefühl, endlich wieder aufrecht zu stehen. Vorsichtig bewegte ich alle Gelenke – bis auf den gequetschten Zeh funktionierten sie tadellos. Einmal noch atmete ich tief ein und aus, dann klopfte ich laut an die Tür. Im letzten Moment konnte ich verhindern, dass sie von selbst aufsprang – alte Gewohnheiten ließen sich nur schwer ablegen.

Es dauerte ein Weilchen, dann näherten sich Schritte von innen.

»Wer ist da?«, fragte Tanya vorsichtig.

»Arkon«, räusperte ich mich – zu lange schon hatte ich nicht mehr gesprochen. »Nur ein Dieb, der als Kind eine magische Spinne verschluckt hat. Lässt du mich rein? Es ist Zeit, zu reden.«

Die Nacht der Eule

Der Wald liegt still in dieser Nacht.

Ich schüttele mein Gefieder, während ich oben auf dem Ast der großen Eiche sitze und Mondlicht trinke. Ich habe gut geschlafen, ich fühle mich stark und ausgeruht. Ich bin nun bereit für die Jagd.

Der Wind raschelt in den Zweigen, und irgendwo weit unter mir huscht ein Wiesel durch das Dickicht. Ich atme die tiefe, klare Dunkelheit, stoße mich leicht mit den Füßen ab und federe empor, breite die hellen Schwingen aus, spüre den Wind, der mich aufwärts trägt, den kraftvollen Widerstand, als ich meine Schwingen bewege. Ich grüße den Mond und ich grüße die Nacht, die rauschenden Bäume, die Musik der Dunkelheit. Ich trinke alles tief in mich hinein.

Unter mir bleibt der Wald wie ein dichter Teppich zurück, durchschnitten von dem silbergrauen Band der Straße. Zu weit zu fliegen wage ich nicht, denn ich bin an den Wald gebunden. Er ist ein Teil von mir wie ich von ihm. Ein alter Teil. Das letzte Stückchen von etwas noch Älterem, von dem nur noch die Erde atmet und die Bäche leise murmeln. Ich drehe meine Kreise und kehre zurück.

Zeit vergeht und wird neu geboren. Zeit bedeutet nichts für mich. Solange dieser Wald besteht, und sei es auch nur ein einziger Baum, solange der Mond mit mir spricht und die Erde meine Gedanken teilt, solange wird es auch mich geben, mich und die Nacht unter meinen Schwingen.

Unter mir huscht es im Gebüsch, mein scharfer Blick sieht es genau. Doch ich will noch ein wenig kreisen, ehe ich die Jagd beginne. Etwas Besonderes liegt in der Luft, ich spüre es mit allen geschärften Sinnen. Es ist fast greifbar. Es ist warm, und ich kann es beinah riechen – es gehört nicht hierher, und doch ist es da.

Ich fliege durch die Baumwipfel zur Straße hinab.

Nachts ist sie still und menschenleer. Seitdem es die große Autobahn gibt, stört selbst tagsüber kaum noch Lärm, und nur wenige Menschen finden zu Ausflügen her. Sie haben jetzt andere, beliebtere Ziele. Doch heute …

Ich lande auf dem Ast einer Buche und überlasse mich den schwingenden Bewegungen des Zweiges, während ich durch das Blattwerk spähe. Dort vorn. Dort ist es.

Dort ist ein Mensch.

Was macht er hier, an diesem Ort, zu dieser Stunde? Ich sehe ihn auf einem Motorrad sitzen, es steht still am Straßenrand. Die Maschine ist schwarz, schwarz wie seine Lederkleidung und der Helm, der sein Gesicht verdeckt. Niemand anderes ist sonst noch hier. Niemand außer mir und ihm.

Der Ast wippt hinter mir, als ich mich abstoße, um mir das näher anzusehen.

Der Schatten einer weißen Eule spiegelt sich in dem dunklen Visier seines Helmes, als ich in dem Weißdornbusch gleich neben ihm Stellung beziehe. Der Fremde zuckt überrascht zurück, doch er fährt nicht davon, sondern starrt in die Dunkelheit, in der ich verschwunden bin. Das gefällt mir. Ich sehe jetzt, dass er ein junger Mann sein muss, die Lederkleidung umschließt einen gut gewachsenen, kräftigen Körper. Das gefällt mir auch.

Die Jagd kann noch ein wenig warten.

Ich wünsche mir, er möge seinen Helm abnehmen, damit ich sein Gesicht sehen kann. Ich wünsche es mir so, dass das Mondlicht und die Dunkelheit meine Gedanken weitertragen. Der Wind, mein alter Freund, spielt mit meinen Schwungfedern, als der Mann seine behandschuhten Hände hebt, den Helm vom Kopf nimmt und ihn unschlüssig zwischen den Händen dreht.

Mir wird beinahe schwindelig.

Bei Annwns vergessenen Apfelbäumen, er sieht *ihm* ähnlich. Erinnerungen kehren mit solcher Macht zurück, dass sie mich beinah überwältigen. Bester aller Männer, Donn Dúchathna, schon so lange, lange Staub und Vergessen. Nur der Wind und das Mondlicht waren Zeugen meiner Trauer. Nur sie wissen, wie lange ich damals lag, zerkratzt durch meine eigenen Krallen, von Gefühlen zerrissen, zerbrochen vor Schmerz. Einsamkeit, lange, endlose Zeiten. Ich habe nicht geahnt, dass die Wunde noch einmal neu aufbrechen könnte.

Ich stoße meinen Schrei in die Nacht hinaus, um mich von der Anspannung zu befreien. Der Mann auf dem Motorrad zuckt zusammen, späht wieder ins Gebüsch. Ich kann ihn nicht so gehen lassen. Nicht mit diesem Gesicht und all meinen Erinnerungen.

Im Schutze der Nacht wechsele ich meine Gestalt zu der eines Menschen.

Ein trockener Ast zerspringt knackend unter meinem Fuß, als ich ihn auf die Straße setze. Mein Gewand raschelt leicht, der Wind spielt in meinem silbernen Haar und lässt die langen Strähnen flattern.

Der junge Mann starrt mich sprachlos an.

Ich sehe meinen Anblick in seinen Augen, das Bild einer jungen Frau mit großen, seltsam glänzenden Pupillen, mit Zügen, die sein Herz erfreuen, mit einem weichen, fließenden Kleid, das einen fraulichen Körper verhüllt. Ich lächele und nehme ihm die Angst mit einer Bewegung meiner Hand.

»Wer bist du?«, frage ich mit einer Stimme, die ihm süß in den Ohren klingen wird. »Was tust du hier ganz allein in der Nacht?«

Er schluckt hörbar und reibt sich die Augen. »Ist – dies ein Traum?«

»Nein«, antworte ich. »Für den Wald ist es ein Traum, doch nicht für dich und nicht für mich. Wer bist du? Bitte sag es mir.«

»Robert … Robert Astley aus Downsford Hill. Wir hatten einen Streit, und ich … bin hinausgefahren, musste mich abkühlen … Als ich wieder zur Besinnung kam, war ich hier. Wer bist du?«

»Gwynhwyfar«, antworte ich wieder. »Blodeuwedd, Rigrú … so viele Namen sind vergessen, nur ich bin noch immer hier, ein Teil der Zeit, ein Teil des Traums. Bitte bleib, nur eine Weile.«

Er sieht verwirrt aus und doch, bei den Schweinen von Pren Derw, er gleicht Donn so sehr, dass ich ihn am liebsten in die Arme schließen würde. Ist er's, ist er zurückgekehrt, hat er nur in all den Jahren des Schlafs bis zur Wiederkehr *vergessen*?

Er zeigt kein Zeichen des Erkennens.

»Was … tust du hier, mitten in der Nacht?«

»Ich wohne hier«, erkläre ich. »Dies ist mein Reich aus Mondlicht und Wind und der Kraft von Stille und Dunkelheit. Du hast dies alles einmal gewusst, vor langer, langer Zeit. Weshalb sonst hat dich dein Weg heute hierher geführt?« Ich trete einen Schritt zu ihm heran und lege meine Hand auf seinen Arm.

»Teile diesen Traum mit mir«, flüstere ich dicht an seinem Ohr. »Ich habe so lange auf dich gewartet.«

Er riecht gut und vertraut und warm und lebendig. Es kostet mich große Beherrschung, ihn nicht einfach an mich zu reißen, mit ihm in die wartende, schützende Dunkelheit zu fliehen. Weiß er denn noch immer nichts? Spürt er nicht, was ich jetzt spüre? Wie kann er all dies nicht erkennen?

»Du bist wunderschön«, murmelt er, ohne sich auch nur zu bewegen. »Wer auch immer du bist, was auch immer dies zu bedeuten hat, ich bitte dich, lass mich allein. Ich möchte jetzt nach Hause zurück. Jemand wartet dort auf mich, sie hat schon viel zu lange gewartet.«

»Sie wird vergessen, sie ist nichts! Nicht für uns, nicht hier und nicht jetzt. Komm mit mir, wir gehören zusammen. Wir waren schon zu lange getrennt – das soll uns nie wieder passieren.« Meine Stimme ist sanft und eindringlich. »Komm, teile mein Reich mit mir.«

Jetzt schüttelt er meine Hand einfach ab, greift nach seinem Helm und zieht ihn sich auf. »Verrückt bist du sicher«, stellt er dabei fest. »Doch ich bin es nicht. Und ich ziehe die Welt vor, in die ich gehöre. Leb wohl, mir wird hier langsam kalt.«

Mein Schrei lässt ihn zusammenzucken, doch er dreht den Zündschlüssel ungerührt herum. Der Motor tuckert langsam auf. Das kann er nicht! Das darf er nicht.

Das kann er mir, unseren Träumen nicht antun.

Wilde Gedanken wirbeln auf. Endlose, einsame, lange Nächte, die Sehnsucht nach Nähe, die Sehnsucht nach ihm. Und jetzt, da er endlich gekommen ist, die Zukunft wieder uns gehört, da leugnet er, da streitet er ab, verhöhnt mich und unsere Träume. Zertritt meine Erinnerungen, bis sie knirschend unter den Rädern seines Motorrades bersten. Zerstreut die Splitter mit seinen Füßen und geht, als sei nie etwas gewesen, sein Werk vollbracht, mich klein und nackt und auf ewig allein in den Wäldern zurücklassend, zurückgewiesen, besudelt mit Spott.

So etwas soll niemals geschehen!

Ich bin immer noch ich selbst. Er ist nur ein Mensch. Hat er das auch vergessen?

Bei den Hunden Govannons, *ich* habe es nicht. Ich werde nicht dulden, dass er meiner spottet. Dass er so grausam zu mir sein will, all diese Hoffnungen in mir zu wecken, nur um sie dann mit Füßen zu treten.

Hältst du mich für deinen Spielball, Robert Astley? So wirst du mein Spielball sein! Ein Spiel werde ich mit dir spielen, und wenn du gewinnst, wenn du das erste Licht der Morgensonne sehen kannst, dann kehre zu deiner Liebsten zurück.

Doch wenn nicht …

Aufheulend schlittert das Motorrad über den Kies, kippt auf den harten Asphalt, liegt verwaist mit holperndem Tuckern da. Die Räder drehen sich leer im Wind. Nichts rührt sich in der Stille der Nacht.

Aus dem Visier des Motorradhelms, zerbeult im Straßengraben daneben, schlüpft sie, die kleine, verängstigte Haselmaus.

Mit einem lauten Schrei stoße ich mich ab und flattere abwartend in die Höhe.

Die Zeit für die Jagd ist endlich gekommen.

Mrs. Tumbleweeds Garten

Ich weiß gar nicht, wie ich anfangen soll. Wird mir ja sowieso keiner glauben, aber ist mir auch schon egal. Man muss sich nur klar machen, was das bedeutet – wie viele von *denen* mitten unter uns leben, und niemand ahnt auch nur davon. Was sie hier wollen? Ich weiß es nicht.

Nein, ich bin nicht verrückt, das solltest du wissen. Habe ich dich je belogen? Und ich war auch nicht betrunken. Die Dose Bier, die zähle ich nicht. Du weißt, was ich vertragen kann, und es war weder heiß noch sonst etwas. Es war mitten in der Nacht.

Also, pass auf, ich erzähl's dir einfach. Du kannst dann selbst sehen, was du daraus machst. Und du brauchst gar nicht so zu grinsen – vielleicht passiert es morgen dir, wer weiß? Ich kann dich nur warnen, was du daraus machst, ist deine Sache.

Du kennst doch das Haus von Mrs. Tumbleweed? Ja, genau, der alten Dame, die ständig durch die Straßen läuft, als hätte sie etwas Wichtiges vor. Danny und ich machten immer Witze darüber, was dieses Wichtige wohl wäre – du weißt, ein Rendezvous mit jemand Verbotenem, die dringende Suche nach dem nächsten Klo, so etwas. Sie ist eine

Nachbarin von Danny, wohnt in dem alten Backsteingebäude, das aussieht, als hätten sie vergessen, es rechtzeitig abzureißen.

Dahinter hat sie einen Garten. Hat allerlei Gemüse angepflanzt und verbringt da ihre meiste Zeit, wenn sie nicht gerade auf der Straße herumrennt. Danny und ich haben uns mal hinter dem Zaun auf die Lauer gelegt – na, und da hat sie doch tatsächlich mit ihren *Kohlköpfen* gesprochen. Kannst du dir so was Abgefahrenes vorstellen? Läuft durch den Garten, mit ihrem Kittelkleid aus dem Schlussverkauf, und redet mit dem Salat und dem Kohl. Das war der Lacher der Woche bei Danny und mir, kann ich dir sagen.

Na ja, an dem Abend jedenfalls, von dem ich dir erzählen will, saßen wir alle bei Danny in der Garage und überlegten, was wir wohl machen sollten. Es war einer der Abende, an denen es einen in den Fingern juckt, und wir tranken Bier und rauchten und überlegten uns was. Billie schlug vor, die Straße runter zu düsen und ein paar Autos zu knacken, aber das kam nicht mehr so gut an. Verstehst du, dass wir das können, wissen wir – wir wollten mal was ganz anderes. Eine andere Größenordnung. Und jemand kam auf die Idee, einen *richtigen* Bruch zu machen.

Erst haben wir das nicht ernst genommen, aber dann, im Laufe des Abends, gewann der Gedanke mehr und mehr an Faszination. Und wo? Wo sollten wir …

»Hey, wie wär's bei der alten Mrs. Tumbleweed?«, schlug Danny schließlich vor.

»Bei der Verrückten?«

»Klar. Stell dir vor, was wir da finden könnten – lebt ganz allein, hat 'nen Sprung in der Schüssel – jede Wette, die hat ihr sauer Erspartes unter der Matratze. Oder im Schrank. Die bringt doch im Leben nichts auf die Bank.«

Leshak rutschte unruhig hin und her. Hatte mal wieder Muffensausen, der Kleine.

»Ihr wisst, was man sich über das Haus erzählt …«

Billie knuffte ihn so, dass er fast hintenüber kippte. »Oh ja, sag bloß, du glaubst den Ammenscheiß? Kannst ja hier bleiben, wenn du dir nur in die Hose pinkelst. Ich will jedenfalls meinen Spaß. Und ich könnte neue Kohle wirklich gebrauchen.«

»Was ist denn mit dem Haus?«, fragte ich, denn ich hatte so weiter nichts darüber gehört.

»Sollen mal Menschen drin verschwunden sein. Hat dir dein Alter nie solche Stories erzählt? So um die Jahrhundertwende. Nur dem Mann, der das Haus damals bewohnte, hat man nie etwas nachweisen können. Na ja, und als der gestorben ist, ist Oma Tumbleweed eingezogen, irgendeine Verwandte von dem.«

»Und jetzt heulen die Geister der Ermordeten den Vollmond an«, spottete Danny und spuckte aus. »Glaubst du immer alles, was man dir erzählt, Leshak?«

»Aber wie sollen wir ins Haus kommen?«

»Alte Leute schlafen tief. Die wird nichts hören. Irgendein Fenster ist sicher auf.«

Und so haben wir uns dann hinübergeschlichen, heimlich und leise. Inzwischen war es schon ziemlich dunkel. Wolken schoben sich vor den Mond, und der Wind raschelte in den Büschen. In der Nachbarschaft heulte ein Köter, sonst war es still. Wir kletterten über den Gartenzaun und schlichen uns zum Haus hinüber.

Alle Fenster waren dunkel, kein Lichtschein schimmerte, kein Fernseher plärrte.

»Seht ihr, sie schläft«, stellte Danny triumphierend fest. »Und hier – das muss ein Kellerfenster sein. Ist natürlich offen, wie ich es mir gedacht habe. Kinderleicht, das Ganze.«

»'n bisschen eng«, gab ich zu bedenken.

»Wir müssen ja nicht alle da durch. Einer zwängt sich rein und macht uns anderen die Tür auf. Leshak?«

Unser aller Blicke richteten sich auf ihn. Er hatte mal wieder die Hosen voll.

»Ich soll ... hör mal, Danny, es ist finster da drinnen! Das mache ich nicht, das kannst du nicht – nicht allein jedenfalls!«

Trotz der Dunkelheit konnte ich vor mir sehen, wie Danny gerade die Augen verdrehte. »Mann, Leshak, du bist der Kleinste, du kommst da durch wie eine Maus! Stell dich nicht so blöd an, Kerl! Glaubst du, da sind Ratten drin oder was? Oder der Mörder mit dem Schlachtermesser?«

»Nnein, aber ...«

Billie spuckte seine Zigarette aus und zertrat die Kippe auf dem Boden. »Hey, Leshak, du kriegst meine alten Boxen, wenn du's machst. Los, geh schon, ehe ich hier festwachse!«

Leshak blickte immer noch unschlüssig von einem zum anderen.

»Na los, geh schon!« Danny schubste ihn plötzlich vorwärts. »Willst du uns den ganzen Abend verderben?« Seine Stimme klang nun gefährlich ruhig. »Willst du das?«

Leshak zitterte wie ein Wiesel. »Nnein ...« Und dann schlüpfte er durch die Öffnung und war verschwunden. Wir standen eine Weile schweigend und auch zunehmend unbehaglich herum. Wie lange mochte er bis zur Hintertür brauchen? Hätte er nicht schon wieder hier sein müssen?

»Wo bleibt er denn?«, brummte Billie und kickte einen Stein in Mrs. Tumbleweeds Gemüsebeet. Danny grinste.

»He, tu ihren Kohlköpfen nicht weh, das sind ihre Babys! Mit denen redet sie sogar – Mann, verdammt, wo bleibt denn die kleine Ratte? Na endlich!«

Man hörte das Geräusch eines quietschenden Riegels, dann wurde die Hintertür einen Spalt weit aufgedrückt. Wieder heulte irgendwo ein Hund, und der Wind frischte auf.

Leshaks Kopf schob sich hinaus.

»Sie schläft«, flüsterte er heiser. »Alles ist ruhig.«

Ich überlegte, ob er sich wohl in die Hosen gemacht hatte, der kleine Scheißer, und dabei merkte ich plötzlich mein eigenes Bedürfnis. Kein Wunder, bei dem Bier und der Warterei hier draußen im Wind.

»Geht ruhig schon mal vor«, sagte ich. »Ich muss nur eben mal für Königstiger, komme dann gleich nach.«

Danny musterte mich abschätzend – dachte der Bastard, ich hätte Angst? Sollte ich mir deshalb in die Hose pinkeln?

»Ist okay, mach aber hin«, meinte er schließlich, doch sie sahen mich dabei immer noch alle abwartend an.

»Zuschauer brauche ich dabei nicht«, stellte ich klar.

Und da drehten sie dann ab und marschierten auf die Hintertür zu, ließen mich allein im Garten zurück. Ich schaute in die Dunkelheit, grinste dann und bewegte mich auf die Kohlköpfe zu. Mrs. Tumbleweeds Babys, na dann. Ich öffnete den Hosenbund.

»Euer Fläschchen, meine Babys«, säuselte ich und wollte gerade loslegen.

Doch da ist es dann passiert.

Plötzlich, mit einem Mal, brach der Mond zwischen den Wolken hervor und tauchte alles in sein seltsames Licht. Ich konnte die Wege des Gartens erkennen und jedes einzelne Kraut, das dort wuchs. Ich konnte die Büsche ausmachen und die Gemüsebeete. Und ich konnte die Kohlköpfe sehen.

Ich sah die verdammten Kohlköpfe.

Ich schwöre, dass ich die Wahrheit sage. Ich habe diese dämlichen Dinger schon oft angeschaut, wenn ich mit Danny unterwegs war und so, wenn wir beide beobachteten, was Mrs. Tumbleweed wieder Verrücktes trieb. Es waren stinknormale, fast reife Kohlköpfe gewesen. Immer. Immer.

Jetzt waren sie es aber nicht mehr.

Aus der Erde wuchsen Menschenköpfe, und ihre Augen starrten mich an. Mein Herz blieb stehen, ich stand nur da, unfähig, mich zu bewegen. Ich konnte nicht laufen, ja, nicht einmal schreien.

Nicht einmal den Mund dazu öffnen.

Ich schwöre es, verdammt, sie starrten mich an. Ich kannte sie nicht, aber dieser Blick … Ich wusste, sie konnten nicht heraus aus der Erde, sie waren einfach da, und sie sahen mich an. Ihre Haut war bleich und eingefallen, die Augen tief und schrecklich, schrecklich … sie konnten nicht heraus, und sie wussten es.

Aber vielleicht würde ich zu ihnen kommen …

Und dann, langsam, öffneten sie ihre Münder, ihre verdammten, bleichen, hängenden Münder, und ich wusste, wenn ich nur eine Sekunde länger blieb, wäre ich immer und ewig an diesen Ort gefesselt. Sie würden schreien, bis mir die Ohren platzten, oder seufzen, raunen, jammern, murmeln … Sie könnten reden, sie könnten mich bannen …

Die Panik trieb mir von irgendwoher vergessene Kraftreserven zurück, und meine Beine bewegten sich wie von allein. Ich drehte mich um und setzte über den Gartenzaun, rannte, rannte wie noch nie in meinem Leben. Ich verschwendete keinen Gedanken an Danny und die anderen. Ich rannte, bis mir fast die Lunge platzte.

Hinter dem Bahndamm fiel ich dann nieder, und da blieb ich liegen zwischen Schutt und Geröll, bis die Sonne aufging und es Morgen wurde. Meine Hose war nass, aber ich merkte es kaum, ich zwang meine Schritte auf den Weg nach Hause. Ich sprach nicht und wollte niemanden sehen.

Wie es den anderen ergangen war, habe ich nie erfahren. Ich traf sie nicht mehr und fragte nicht. Mein Alter hat Onkel Jack geschrieben, zu dem werd' ich nach dem Sommer fahren. Der lässt mich bei sich arbeiten, handelt mit Schrott.

Wie es Mrs. Tumbleweed geht, möchtest du wissen? Die läuft wohl immer noch durch die Straßen und pflegt ihren Gemüsegarten. So lange, wie ich sie schon kenne … immer …

Also, ich muss jetzt wirklich los. Kannst mir glauben oder nicht, kannst gern mal selber zu ihr gehen … Nachts, wenn der Mond scheint. Kannst hören, was aus den Mündern dringt … Hör du, was sie mir sagen wollten. Ich muss jetzt los …

Überall können sie sein … du meinst, es sind Nachbarn … ich muss jetzt los …

Letztes Jahr zu Halloween

Zu dieser Stunde an diesem Tag war der *Big Pumpkin* immer gut gefüllt. Hatte man nicht Monate im Voraus reserviert, war ein Besuch zwecklos – längst hatte sich der *Pumpkin* zu *dem* Treffpunkt an Halloween entwickelt, den man besuchen musste, um *in* zu sein.

Hier gab es noch Tische und Stühle, die wirkten, als stammten sie direkt aus vergangenen Jahrhunderten, eine Bar, die aus einem antiken Kreuzfahrtschiff hätte ausgebaut sein können, alte Gas- und Öllampen, die schummriges Licht verbreiteten. Hier spielten Bands Live-Musik der besonderen Art, in Kostümen, die zum jeweiligen Anlass passten. Hier fanden sich Gäste ein, die man – ob verkleidet oder nicht – stundenlang beobachten und dabei sinnieren konnte, wer von ihnen wohl übermorgen wieder in Anzug und Krawatte hinter Schaltern und Schreibtischen einstauben würde. Und hier gab es den Barkeeper Joe, der dir Drinks zusammenzauberte, die du nirgends sonst erhalten hast – glaub mir, ich weiß, wovon ich rede. Sie hatten alle fantasievolle Namen, und speziell zu Halloween gab es *Witches Fancy*, *Mad Goblin* und *Bloody Bat Special*. Was drin war, hielt Joe streng geheim, und bisher war es noch niemandem gelungen, ihm seine Rezepte abzuluchsen.

Joe selbst war ein unauffälliger Mann, der wohl mit dem Inventar verschmolzen wäre, wäre er nicht ständig in Bewegung gewesen und hätte nicht diese Hüte getragen, die sein Markenzeichen wurden. Die Hüte und seine Flaschensammlung, sein ganz besonderer persönlicher Stolz. Ein, zwei Runden mit ihm getrunken, und er hat sie dir präsentiert, seine Augenweide, kräftig gewürzt mit wilden Geschichten, wie er sie alle erworben hatte. Es waren Flaschen und Fläschchen darunter, einfache glatte, kunstvoll geformte, winzig kleine und größere, und sie schimmerten in allen Farben, wenn Joe sie ins Licht der Lampen hielt. Gewöhnlich standen sie jedoch in den Schatten im Hintergrund der Theke, und es blitzte nur gelegentlich auf, wenn ein verirrter Lichtstrahl sie traf.

Doch ich will ja vom letzten Mal erzählen, als ich im *Big Pumpkin* war – ich glaube, du kannst dir jetzt ein ungefähres Bild davon machen. Aus Erfahrung klug geworden, hatte ich rechtzeitig reserviert, saß an einem der Tischchen und lauschte der Band, die heute Abend zu bizarren Klängen in Monstermasken verhüllt auftrat. So wartete ich auf einen Kollegen, mit dem ich hier verabredet war, und als sich die Tür zum wiederholten Mal öffnete und neue Besucher hereindrängten, schenkte ich ihnen keine weitere Beachtung. Luca war unpünktlich wie immer.

Und während ich mir überlegte, welche Ausrede ich heute zu hören bekommen würde, kämpfte sich eine Frau durch die Menge – geradewegs zu dem freien Stuhl mir gegenüber. Sie trug eins dieser Hexenkostüme, mit denen heute Dutzende herumliefen, und ihre Maske saß tadellos – wenigstens etwas, mit dem sie sich von dem Großteil der Masse unterschied. Ein weit ausladender, spitzer Hut verdeckte ihr Haar, dessen graue Fransen ihr wirr in die Stirn fielen, und als sie nun anfing, zu sprechen, klang ihre Stimme keckernd und scheppernd.

»Ist der Platz noch frei, Menschlein?«

Wie lange sie wohl dafür geübt haben mochte? Ich musste mir ein Grinsen verkneifen und schüttelte den Kopf. »Leider nein, ich bin verabredet. Mein Bekannter muss jeden Augenblick hier sein.«

Sie tat, als hätte sie das gar nicht gehört, und ließ sich ungefragt auf den leeren Stuhl fallen. Meine Güte, sie hatte sogar einen Besen dabei, den sie sorgfältig gegen die Tischkante lehnte. Damit würde sie sicher den Kostümwettbewerb gewinnen.

»Vielleicht kommt er, vielleicht aber auch nicht.« Diese Stimme, diese Stimme … »So lange werde *ich* dir Gesellschaft leisten, Menschlein.«

Was sollte ich tun? Abwimmeln ließ sie sich offenbar nicht, und überhaupt – besser ein Gespräch mit ihr, als weiterhin in die Gegend zu starren, bis Luca sich endlich bequemen würde, doch noch einmal hier aufzutauchen.

»Okay«, sagte ich daher ergeben. »Was willst du trinken?«

Sie starrte mich durchdringend an. Tatsächlich konnte man gar nicht erkennen, wo die Maske endete und ihre Augen anfingen. Es war wirklich bemerkenswert.

Joe schien zu uns herüberzublicken, obwohl man uns in dem Gewühl von der Theke aus bestimmt nicht gut beobachten konnte. Mein Gegenüber beachtete ihn nicht.

»Was ich will, kann man hier sowieso nicht bestellen. Ich bin nicht zum Trinken hergekommen. Ich will – etwas ganz anderes …« Die scheppernde Stimme wurde immer leiser, und mit jeder Spur, die sie weiter schwand, wuchs ein eigenartiges Ziehen in mir, das ich nicht verstehen konnte. Ich hatte doch erst einen getrunken, und mein Magen war auch nicht leer gewesen …

Ich öffnete den Mund, um etwas zu sagen, doch plötzlich fehlte mir die Stimme, und das konnte ich schon gar nicht begreifen. Ich räusperte mich, versuchte, zu schlucken, doch meine Zunge war ebenfalls gelähmt. Die Frau mir gegenüber starrte mich an, und als ich versuchte, aufzustehen, schienen meine Beine am Boden festgewachsen.

»Lass einfach los«, bannte mich die Stimme. Verstand sie etwas von Hypnose? »Lass einfach allem seinen Lauf. Komm zu mir … gib mir, was ich will …«

Etwas hier stimmte nicht, ganz und gar nicht! Es war, als wollte sich etwas lösen, würde aus mir hinausgezogen, und gleichzeitig versuchte ich, daran zu reißen, um es in mir drin zu behalten. Schweißperlen traten mir auf die Stirn – ich musste eine Kraft aufwenden, als sollte ich Klaviere stemmen. Und diese Stimme ließ nicht nach, riss und zerrte wie ein Seil – an meinem Verstand, an mir selbst, an allem, was mein Innerstes war …

Mit einem plötzlichen Ruck war das Zerren verschwunden, der Schwung warf mich beinah vom Stuhl herunter. Ich schüttelte fassungslos den Kopf, spürte den Schweiß auf meiner Stirn, rieb mir die feuchten Hände an der Hose trocken. Fing ich an, verrückt zu werden? Sollte ich vielleicht lieber gehen, an die kalte, klare Luft?

Ich starrte auf den Stuhl mir gegenüber – er war leer, die Frau war fort. Stattdessen stand Joe vor meinem Tisch und musterte mich aus prüfenden Augen.

»Alles in Ordnung?«

»J-ja«, stammelte ich. »Ich glaube schon. Hat man mir etwas angesehen? Mein Kreislauf hat wohl gerade gestreikt.«

»Dagegen weiß ich das richtige Mittel. *Witches Fancy* on the rocks. Ich bringe dir gleich einen frischen.«

Und ehe ich noch antworten konnte, eilte er schon geschäftig wie immer zu seiner Theke, und jetzt erst entdeckte ich das neue Fläschchen, das er dabei hinter dem Rücken verbarg.

Nett von den Gästen, an seine Sammlung zu denken, ging es mir noch durch den Kopf. Fast sah es aus, als wäre etwas darin – doch sicher war er nur gerade dabei, einen seiner unnachahmlichen Drinks zu bereiten.

Und als Luca dann endlich doch noch eintraf, saß ich längst zufrieden vor meinem *Witches Fancy* und genoss das höllisch gute Zeug.

Das dunkle Haus

Dort vorn, siehst du? Da ist es schon wieder!«

Tanias Stimme zittert, und ich hebe meinen Kopf von dem Blatt Papier, das auf meinem Schreibtisch liegt. Der kühle Nachtwind lässt die Vorhänge flattern und hätte beinahe die Zeichnung, an der ich arbeite, mit sich davongerissen.

»Schließ die Läden und geh zu Bett, wenn es dich so sehr ängstigt«, brumme ich. »Was starrst du denn auch immerzu hinaus? Es gibt weiß Gott interessantere Dinge als einen Friedhof im Dunkeln.«

Kritisch mustere ich mein Werk und bin unzufrieden damit. Vermutlich hätte es schon geholfen, zu wissen, was ich da überhaupt zu Papier bringen will. Aber ich habe es aufgegeben, über so etwas nachzudenken, seitdem ich hier angekommen bin. Dieses Haus saugt Gedanken in sich ein, sobald sie sich zu bilden beginnen, und vielleicht versuchen meine Finger nur, sich auf diese Weise dagegen zu wehren.

»Ach, Sarah.« Tanias Stimme klingt gepresst, und ich begrabe die Hoffnung, sie würde es aufgeben. »Macht dir denn eigentlich gar nichts Angst? Du bist so ruhig, seitdem du hier bist. Ich wünschte mir, ich könnte das auch. Und jetzt ist auch noch Alix verschwunden.«

Die Stuhlbeine scharren über den Fußboden, als ich mich erhebe und zu ihr ans Fenster trete. Draußen herrscht tiefe Nacht, und die Umrisse des Friedhofs lassen sich nur schemenhaft erkennen. Der bleiche Mond ist nur ein Gedanke am fernen Firmament, und unten am Boden flackert etwas, als wolle es daran erinnern, dass Leben und Licht noch existieren.

»Alix ist abgereist«, sage ich, denn so ist es uns erklärt worden, und niemand vermag das infrage zu stellen. »Mädchen verlassen uns und andere kommen. So ist das, das weißt du doch. Du wohnst hier schon viel länger als ich und hast dir mit anderen das Zimmer geteilt.«

»Ja«, flüstert Tania und lehnt ihren Kopf gegen den Fensterrahmen. Ihre offenen Haare flattern wie die Flügel eines kleinen, gefangenen Vogels. »Aber je länger man hier lebt, desto mehr … verändern sich die Dinge. Sie machen mir Angst. Warum gibt es diesen Friedhof da draußen? Was ist das immerzu für ein Flackern?«

»Nur ein Irrlicht«, versuche ich sie zu beruhigen. Ich hätte ihr gern eine Hand auf die schmale Schulter gelegt, aber so etwas lässt man hier nicht zu. Keinen Körperkontakt jeglicher Art, und gegen die Regeln verstößt man besser nicht. »Die kommen nicht nur in Sümpfen vor, sondern manchmal auch an alten Gräbern. Nichts, vor dem du dich fürchten müsstest.«

»Es macht mich irre.« Tania dreht sich zu mir um. »Ist es das, was es versucht? Uns langsam in den Wahnsinn zu treiben? Sind wir vielleicht schon längst verrückt? Ist es das, weshalb wir hier sind?«

»Du grübelst zu viel«, stelle ich fest und lasse den Wind über meine Arme kriechen. »Das Licht da draußen ist völlig harmlos. Soll ich es dir beweisen? Gibst du dann endlich Ruhe?«

In dem Winkel neben dem Fenster wirken Tanias Augen groß und dunkel. »Geh nicht, Sarah«, sagt sie leise. »Bitte verlass mich nicht wie die anderen.«

»Wenn ich jemals verschwinden sollte, dann nicht, ohne dich mitzunehmen«, verspreche ich ihr. »Und jetzt schließ bitte das Fenster, bevor jemand merkt, dass wir noch nicht schlafen.«

Nur ein Irrlicht …

In dieser Nacht finde ich keine Ruhe, auch nicht nach dem Löschen der Lampe. Unruhig wälze ich mich hin und her und kann nicht einmal sagen, warum – ist es etwas aus Tanias Worten, das mich traumlos bleiben lässt, ist es etwas anderes? Ich lausche in die Dunkelheit, doch alles, was ich hören kann, sind Tanias leise Atemzüge aus ihrem Bett von der gegenüberliegenden Wand. So, als hätte es nie etwas anderes gegeben als das, als wäre es alles, aus dem unsere Welt existiert.

Ich schiebe die Decken zur Seite und gebe es auf, einschlafen zu wollen, ins wohlige Vergessen zu gleiten, wenn es mir nicht gestattet ist. Stattdessen setze ich die Füße auf den rauen Holzfußboden und greife nach meinen Kleidern, die ich in der Nähe abgelegt habe. Geräuschlos, um niemanden zu wecken, ziehe ich mich an und taste mich vor bis zur Tür. Ein Licht mitzunehmen wage ich nicht, denn sicherlich ist es nicht erlaubt, des Nachts die Zimmer zu verlassen.

Die Türangeln knarren, als ich die Klinke bewege, und ich halte einen Moment lang den Atem an. Doch als alles ruhig bleibt, husche ich hinaus auf den Gang. Tür an Tür, dazwischen kleine, trübe Nachtlichter, die mir ein unbehagliches

Gefühl verschaffen. Niemand zu sehen weit und breit, keiner da, der mich bemerkt. Ich erreiche die Treppe und steige ins Erdgeschoss hinab, vorsichtig, achtsam.

Unten angekommen, eile ich durch die Halle, vorbei an den Türen zum Speiseraum und zum Küchentrakt, zu den Aufenthalts- und Beschäftigungsräumen. Alles liegt scheinbar leer und verwaist, doch ich weiß, dass das nicht stimmt, denn wenn wir träumen, gibt es dort Bilder aus Hoffnung und Erinnerungen. Einmal bin ich nachts erwacht und in die Küche hinuntergegangen, um mir etwas zu trinken zu holen. Ich habe die Tür geöffnet und Alix auf dem Boden liegen gesehen, sehr bleich, sehr still. Neben ihr ein zerschmettertes Glas auf den Fliesen, um sie herum eine Pfütze halbaufgelöster Tabletten. Entsetzt habe ich auf das Bild gestarrt, bis es sich zu Schwaden verwob, die durch das geöffnete Fenster verschwanden, und jemand hat mich schlafen geschickt, irgendjemand, ich weiß nicht mehr, wer. Ich glaube, es war Alix selbst. Und ich bin nie wieder nachts aus dem Zimmer gegangen.

Warum dann jetzt? Warum heute?

Ich reibe mir über die Stirn. *Denk lieber nicht darüber nach. Vielleicht willst du die Gründe nicht wissen.*

Gibt es überhaupt einen Grund für irgendetwas an diesem Ort? Und wer bin ich, das herausfinden zu wollen?

Meine Hand legt sich bereits wie von selbst auf die Ausgangstür und entriegelt sie. Wenn ich in dieser Nacht unterwegs bin, dann hat das sicher einen Sinn. Vielleicht bin ich ja endlich eingeschlafen, und vielleicht ist dies nur mein eigener Traum, in den ich unbedacht hineingeraten bin.

Ich lasse das Haus hinter mir und folge dem Pfad, der mich auf seine Rückseite bringt, vorbei an den Schatten von Bäumen und Sträuchern, zwischen Ranken und Ästen hindurch, die dort einen Durchgang formen. Unter meinen Schuhsohlen knirscht Kies, bis er schließlich sanfterem Erdboden weicht. Vor mir wartet das alte Tor, das den Eingang zum Friedhof begrenzt. *Was tue ich nur?*

Ich spüre die machtvolle Anwesenheit des Hauses in meinem Rücken und hebe den Kopf, um mich umzuschauen. Der bleiche Mond verschwindet hinter einer Wolke aus Dunkelheit, behält seine Geheimnisse für sich. *Geh weiter.*

Die Torflügel öffnen sich wie von selbst, als ich meine Finger darauf lege. Es ist nur natürlich, weiterzugehen. Es macht Sinn in einer Umgebung, in der Fragen ebenso ziellos sind wie die wirren Gedanken eines flüchtigen Traums.

Rechts und links von mir ragen die Schemen der alten Grabsteine vor mir auf, und ich folge dem Weg zwischen ihnen hindurch. Ich weiß, wo er enden wird, denn von unserem Fenster aus kann man es sehen: die Reste eines Mausoleums jenseits des Pfades, überwachsen von Efeu und Brombeerranken. Dennoch bin ich nie da gewesen, denn wir gehen nicht dort hin. Der Friedhof ist etwas vor unseren Fenstern, aber nichts, zu dem man sich selbst hinbegibt.

Es überrascht mich nicht sehr, als etwas neben mir aufflackert. *Warum nicht?*, frage ich mich vielmehr. Und warum denke ich heute all diese Dinge, deren Antworten doch nicht wichtig sind? Ich schüttele den Kopf, als könne ich ihn damit von Staub befreien, von Gedankensedimenten, die dort nicht hineingehören. Als es mir nicht gelingt, versuche ich stattdessen, das Irrlicht näher zu betrachten. Es ist zittrig und schemenhaft, bläulich mit einem helleren Kern.

Es ist wunderschön.

Ich strecke meine Hand danach aus und es verschwindet, nur um einen Lidschlag später erneut aufzutauchen, gerade außerhalb meiner Reichweite. Ich weiß nicht, warum, aber ich muss lachen, und das kommt mir so merkwürdig vor, als hätte ich es noch nie getan – jedenfalls nicht in diesem Haus, nicht in meiner Erinnerung. Wieder greife ich in die Luft, und wieder macht das Licht einen Satz. Es verschwindet nicht, es scheint auf etwas zu warten.

Auf mich?

Vorsichtig bewege ich mich weiter voran, und das Irrlicht hüpft über den Weg, zitternder, leuchtender, je weiter wir kommen. Als wir das Mausoleum erreichen, schießt es wie ein Blitz hinein, und plötzlich wird die Ruine von einem Licht aus dem Inneren erhellt, das auf diesem nächtlichen Friedhof seltsam fremd und fehl am Platz wirkt. Doch es ist tröstlich und es verspricht, den Nachtwind von meiner Haut zu lösen, jetzt und für alle Zeiten. Ich kann nicht anders, ich muss ihm folgen.

Der Eingangsbereich ist halb zerfallen, und in der inneren Kammer bewegt sich ein Schatten, den das Licht auf den trümmerbedeckten Boden wirft. Pflanzen winden sich durch die Steine, ich muss achtgeben, auf was ich trete, um nicht zu rutschen oder zu stolpern. Kälte durchfährt mich ein letztes Mal, als ich den Innenbereich betrete und in der Helligkeit bade.

Ich widerstehe dem Impuls, mich zusammenzukauern, als müsse ich mich vor dem Licht verstecken, als berge es eine große Gefahr. Es wird immer näher kommen, tobend, rasend … *Nein!*

Dieses Licht ist gut und freundlich. Ich atme durch und öffne die Augen, die ich mich nicht erinnern kann, geschlossen zu haben.

Vor mir steht eine vertraute Gestalt, von der die Helligkeit auszugehen scheint, und Verwunderung vertreibt alle anderen Gedanken.

»*Alix?* Was machst du hier?«

Sie lächelt, und nur ihre Augen spiegeln noch die Dunkelheit außerhalb der Mauern. »Hallo Sarah«, sagt sie. »Schön, dass du endlich gekommen bist.«

Ich reibe mir über meine nachtkalte Haut. »Wir dachten, du wärest abgereist. Du bist verschwunden, ohne dich zu verabschieden.«

»Ja.« Alix nickt zufrieden. »Ich habe das Haus verlassen. Wie du. Ich habe es geschafft. Ich kann jetzt gehen.«

Verwirrung hüllt mich ein wie die Nacht, Gedanken, die wie Motten tanzen, bis sie im Licht verbrennen würden. »Was meinst du damit?«, frage ich. »Wohin kannst du gehen, und warum bist du dann noch hier?«

»Ich musste auf dich warten, Sarah.« Alix berührt meine Hand, und ich spüre ein feines Kribbeln. »Doch du wolltest nicht kommen, so sehr ich dich auch gerufen habe. Das ist eine der Regeln hier, weißt du. Aber die erfährst du erst, wenn du das Haus verlassen hast – von derjenigen, die vor dir ging.«

Für einen Herzschlag verschwindet ihre Gestalt, formiert sich neu zu einem bläulichen Flämmchen, ehe sie wieder zu Alix wird.

»*Du* bist das Irrlicht?«, frage ich, ohne zu begreifen.

Sie lächelt wieder. »Ja, das letzte. So wie eine jede von uns, bis ihre Aufgabe erfüllt ist.« Sie atmet einmal tief durch. »Sarah – dieses Haus ist ein Asyl für uns, solange wir warten. Darauf, dass wir uns dem stellen können, was geschehen ist, und dem, was als Nächstes kommt. Für manche ist das Vergangene so schlimm oder auch so überraschend, dass sie ihre

Zeit dafür brauchen. Deshalb können wir hier warten, bis wir bereit dazu sind … weiterzugehen. Das Haus war nie als Bleibe gedacht, weißt du. Es ist ein Schutz, ein Übergang.«

Ich denke an die Nacht zurück, in der ich Alix gesehen habe, reglos auf dem Küchenfußboden, und etwas in mir beginnt zu weinen. Was für ein seltsames Gefühl! »Sind wir … gestorben?«, flüstere ich. »Bin ich tot?«

Alix nickt ernst. »Wenn wir bereit sind, gehen wir. Doch vorher verpflichten wir uns, einer anderen zu helfen, die es noch nicht hinaus geschafft hat – so sind die Regeln. Wir sind füreinander da, weil es sonst niemanden mehr gibt für uns – hier.«

»Und das Irrlicht?«, frage ich leise. »Warum ist es hier?«

»Wer einmal draußen gewesen ist, kann nicht mehr zurück.« Alix' Umriss beginnt zu verschwimmen. »Darum erhalten wir *diese* Gestalt und können damit andere … locken. Wer bereit dazu ist, wird dem Ruf folgen, auch ohne zu wissen, was geschieht und warum. Ich habe dabei dich gewählt, Sarah, denn du hast damals meinen Tod gesehen. Wir sind verbunden. Lebe wohl.«

Der Nachtwind frischt auf und Alix verschwindet, verlischt wie eine verglimmende Kerze. Schwaden treiben durch den Raum, berühren mich sacht und gleiten ins Dunkel. Auf meinem Gesicht liegt Feuchtigkeit, und ich wische mir verwundert über die Wange. Weine ich? Kann ich das?

Meine Finger schimmern bläulich unter meinem Auge, als sie meine Haut berühren. Es wird vieles geben, über das ich jetzt nachdenken muss, doch ich werde Zeit dafür haben, unendlich viel Zeit. Leise trete ich aus dem Mausoleum heraus und spüre den Wind um mich herum – nicht mehr kalt, sondern flammenwarm und lebendig.

In der Ferne ragt das dunkle Haus zwischen den nächtlichen Schatten auf. Im ersten Stock ist alles still, wie auch im übrigen Gebäude.

Auf meinem Schreibtisch liegt noch immer die vergessene Zeichnung, Tania wird sie am Morgen finden. Sie wird sich darüber wundern, was das für ein Ding auf Rädern ist, das eine leblose Gestalt am Boden bescheint. Aber sie wird sich an mein Versprechen erinnern und eines Tages bereit sein, zu kommen – wenn ihre Angst vor dem Irrlicht verflogen ist.

»Bis bald, Tania«, flüstere ich in die bläuliche Dunkelheit hinein. »Wir sind verbunden.«

Kürbiszauber

Konnte denn auch einmal etwas *nicht* schieflaufen? Wohin bei allen Geistern war denn wieder das Rezept verschwunden?

Wütend starrte ich erst auf das Schneidemesser, dann auf die Tischplatte vor mir, auf der dieses vermaledeite Blatt hätte liegen sollen. Ich hatte die Zeitschrift nur wegen dieses Rezeptes gekauft, zur Feier des Tages gewissermaßen. Oder zur Un-Feier? Ach, war doch egal.

Mit einem Ruck zog ich mir einen Stuhl heran und setzte mich rittlings darauf. Aus dem Küchenfenster sickerte Dämmerlicht herein, und genau so fühlte ich mich auch: düster und vergessen. Ich legte das Messer endgültig neben den rot-orangefarbenen Kürbis und betrachtete ihn finster.

Heute vor genau einem Jahr hatte mir Lucas eröffnet, dass es mit uns nie funktionieren würde, hatte meine Wohnung verlassen und auch mein Leben. Eine Weile lang hatte ich mir eingeredet, wie toll es doch war, dass es jetzt keinen Streit mehr gab und keine faulen Kompromisse, doch so einfach war die Sache nicht. Der Mistkerl saß tiefer in mir drin, als mir lieb war.

Und deswegen heute das Ritual, das ich mir in einem Anfall von Kreativität (und unter Einfluss einiger Gläser Wein, zugegeben) erdacht hatte: um ihn ein für alle Mal los zu werden. Lucas hasste Kürbissuppe, ich hatte sie nie kochen dürfen, und genau deshalb sollte es sie heute geben – am Jahrestag unserer Trennung. Mit diesem Messer vor mir würde ich das Fruchtfleisch aus dem Gemüse herausschneiden wie die Erinnerungen aus meinem Hirn, endgültig. Aufgegessen und fort – und morgen schon ein neuer Mensch.

Vorausgesetzt, ich fand dieses dumme Rezept.

Ich seufzte tief und entschlossen auf. Na schön, musste es eben ohne gehen – so schnell würde mich das Schicksal nicht mehr aus der Bahn werfen! Ich rutschte mit dem Stuhl zurück, stand auf und krempelte die Blusenärmel hoch. Dann griff ich nach dem Messer.

Und los …

Mit der einen Hand hielt ich den Kürbis fest, damit er nicht wegrutschen konnte, mit der anderen setzte ich die Klinge an. Besser, ich stach erst einmal hinein, um zu testen, wie dick die Schale war, ehe ich blind herumsäbelte. Kurz überlegte ich noch, ob ich nicht eine gruselige Laterne aus dem Ding schnitzen und sie ›Lucas‹ nennen sollte, aber das erschien mir dann doch übertrieben. Zu viel der Ehre. Ich … was war das?

Ich hielt abrupt in der Bewegung inne. Aus dem kleinen Loch, das mein Messer gerade geschaffen hatte, drang ein feiner weißer Sprühnebel wie Dampf aus einem Wasserkessel. Schimmel? Ich sprang zurück. Bei meinem Glück hatte ich natürlich auch noch gerade den Kürbis erwischt, der von innen verdorben …

Aber welcher Schimmel trug orangene und goldene Sprenkel in sich?

Sprachlos starrte ich auf das Schauspiel vor mir, bis der Sprühstrahl endete. Die winzigen Partikel verteilten sich in meiner Küche, lösten sich auf, verbanden sich mit der Atemluft. Ich sollte besser das Fenster öffnen, bevor …

Stattdessen blieb ich stehen und lauschte dem Klang meines Messers, das auf den Fußbodenfliesen landete. Auf meiner Fensterbank saß jemand, und das war ganz und gar unmöglich, denn *niemand* konnte hier hereingekommen sein, ohne dass ich es gemerkt hätte! Niemand!

Aber da saß jemand, eindeutig, und als wäre das noch nicht genug, war es eine äußerst … bemerkenswerte Erscheinung. Ein Mann, schlank und gut gebaut, barfuß in einer ausgefransten braunen Hose und einem altmodischen Hemd darüber. Der Stoff wirkte verschlissen und fleckig, und mein Blick wanderte weiter hoch zu dem Gesicht, das unter einem zerbeulten Strohhut steckte. Trotz seiner schäbigen Bekleidung war er glatt rasiert und wirkte keineswegs ungepflegt, mit einem gutgeschnittenen Mund, einer geraden Nase und Augen, die im Schatten der Hutkrempe lagen. Er sah sich mindestens ebenso interessiert in meiner Küche um, wie ich ihn meinerseits inspizierte.

»W… wer sind Sie?«, fragte ich endlich, um wenigstens das Gefühl zu haben, ich hätte die Situation im Griff. Unauffällig hielt ich nach dem Messer Ausschau, doch es war unter den Tisch geschlittert.

Jetzt richtete sich seine Aufmerksamkeit auf mich, und sein Mund verzog sich zu einem Lächeln. »Hallo«, sagte er und räusperte sich, als hätte er seine Stimme lange Zeit nicht benutzt. »Das … muss Ihnen sicher befremdlich vorkommen. Aber ich bin Ihnen zu Dank verpflichtet. Sie haben mich aus meinem Gefängnis befreit.«

»Gefäng-?« Verflixte Tat, er deutete doch tatsächlich zum Kürbis hinüber, zum kleinen, unschuldigen Messerloch. Die Sporen – konnte es sein, dass sie etwas in mir ausgelöst hatten, dass ich deshalb halluzinierte? Der Fluch des Pharao, Kürbis-Style?

»Ja, aber haben Sie keine Angst. Ich bin kein übler Kerl. Die Umstände, wie ich hineingeraten bin – das ist eine lange Geschichte, die ich Ihnen gern ein anderes Mal erzähle. Wenn Sie möchten, natürlich.« Er räusperte sich wieder. »Fürs Erste will ich mich bei Ihnen bedanken. Traditionsgemäß haben Sie nun einen Wunsch frei.«

Ich beschloss, einfach mal mitzuspielen, vielleicht ging das Ganze dann schneller vorbei. Wenn ich nicht schreiend nach draußen laufen und von bekittelten Männern weggeführt werden wollte, erschien mir das eine gute Option.

»Traditions- waren das nicht *drei* Wünsche?« Ich war richtig stolz auf mich. Meine Beine rannten nicht fort, ohne auf meinen Kopf zu hören, was ich nicht hätte ausschließen wollen.

»Nein, da verwechseln Sie etwas.« Er lächelte und sprang vom Fenstersims herunter. »Das sind arabische Kollegen von mir, die das Pech haben, in Lampen zu landen. Das ist mieser als in einem Kürbis, überlegen Sie mal – den ganzen Tag in ranzigem Öl. Die *müssen* einfach dankbarer sein.« Er zog seinen Strohhut und verbeugte sich. »Ich heiße übrigens Jack.«

Als sein Kopf wieder hochkam, konnte ich zum ersten Mal direkt in seine Augen sehen. Bei allen guten Geistern, sie waren *orange* – von der Farbe frischer Kürbisse!

»Ich bin Tina«, stammelte ich.

»Tina.« Er lächelte freundlich. Wenn man diese komischen Augen ausblendete, sah er sogar wirklich … attraktiv aus. »Du kannst dir jetzt etwas wünschen oder später, aber ich muss so lange bleiben, bis du den Wunsch ausgesprochen hast. Wenn du also wieder allein sein möchtest, solltest du dir *jetzt* etwas einfallen lassen.«

Verwirrt sank ich auf den Küchenstuhl und seufzte. »Eigentlich möchte ich gar nicht allein sein«, murmelte ich. Was sollte ich wünschen? Dass Lucas reumütig zurückkehrte? Dass er eine Glatze und Fußpilz bekam? Dafür würde die Zeit schon sorgen, wenn es so etwas wie Gerechtigkeit gab. Und dass dieser – Jack so viel Macht besaß, uns allen den Weltfrieden zu schenken, das glaubte ich nun auch wieder nicht. So ein Wunsch musste gut überlegt sein, selbst wenn man ihn unter der Wirkung von psychedelischen Sporen aussprach.

»Bleib noch ein bisschen«, bat ich deshalb und schlug mir im selben Moment auch schon erschrocken auf den Mund. »Das war kein Wunsch! Das war noch nicht …«

Jack trat langsam auf mich zu und hob eine Augenbraue. »Es tut mir leid, das sagen zu müssen, aber ja – das war einer. Wobei die Grenze zwischen Bitte und Wunsch natürlich fließend ist, doch wenn man es genau nimmt, dann …«

»Aber … aber das ist nicht fair!« Ich starrte ihn an und wusste nicht, ob ich lachen oder weinen sollte. Jack hatte unterdessen seinen Strohhut auf den Tisch gelegt und war vor mir stehen geblieben.

»Das sind diese Wünsche doch nie. Ich dachte, das wäre allgemein bekannt …?« Er schaute mich an und lachte zufrieden. »Ich bleib also jetzt erst mal hier, und dann sehen wir weiter. Immerhin hab ich ja nun auch kein Zuhause mehr, und hier gefällt es mir ganz gut. Soll ich dir mit dem Kürbis helfen? Mit dem habe ich noch eine Rechnung offen.«

Ich nickte schwach. Er würde bleiben …

Und als er mir fröhlich zuzwinkerte, breitete sich mit einem Mal die warme Gewissheit in mir aus, am Ende doch richtig gewünscht zu haben.

SAMHAINWANDERER

Kalt ist es und der Wind scheint durch mich hindurchzufahren. Es ist ein ganz seltsames Gefühl, und ich denke, eigentlich müsstest du sein wie er, eine verwandte Seele, unsichtbar durch die Straßen brausend – doch mir ist nur unbehaglich zumute. Das Empfinden von Kälte allein ist fremd, weckt längst vergessene Erinnerungen.

Verdammt, was mache ich eigentlich hier – was soll ich hier – und wie soll ich meine Zeit verbringen, bis es endlich vorüber ist?

Leise fluchend trete ich von einem Bein auf das andere, bemüht, nicht mit dem Wind davonzutreiben, sondern die Härte des Pflasters unter meinen Füßen ganz bewusst in mich aufzunehmen. Bei allen Göttern und bei Golls einem Auge, wenn dies hier ein Privileg sein soll, dann müsste ich doch langsam anfangen, es auch zu schätzen! Stattdessen stehe ich herum, sehe Dinge, die ich nicht verstehe und auch gar nicht verstehen will, und warte, dass die Zeit vergeht, ohne dass ich den Verstand verliere.

Vor mir schimmert eine Pfütze, doch ich werfe kein Spiegelbild, habe es schon ausprobiert. Ich bin nicht da, obwohl ich existiere. Und ich habe keine Lust, darüber verrückt zu werden. Ich denke wieder an Morraghs Gesicht, wie es nebelhaft vor mir aufgetaucht ist, um mir die Botschaft zu überbringen. Seine Worte haben die Wolken meines Traums zerschnitten wie einst sein Schwert das Holz des Tisches am Abend meiner Hochzeit. Es ist mir schwergefallen, zurückzukommen, wahrzunehmen, dass er dort stand, dass er an mir rüttelte, bis auch die letzten Fetzen des Traums davongestoben waren wie die Schneeflocken des Winters, in dem meine Erinnerung starb.

»So wach doch endlich auf, Conall! Du kannst dich glücklich schätzen und preisen, denn – dein Name wurde gezogen! Du bist einer der Erwählten, und damit darfst du heute *hinaus*!«

Wahrscheinlich hätte ich ihm vor Freude um den Hals fallen sollen. Jeder erwartete das von mir. Hier gibt es viele, die alles dafür geben würden, unter denen zu sein, die zu Samhain hinausgehen dürfen, auch wenn sie den Tag jetzt anders nennen. Je voller es hier bei uns wird, desto mehr gewinnt die Ziehung der Namen an Bedeutung, und desto geringer ist die Chance, einer der Auserwählten zu werden.

Und warum dann gerade ich? Weshalb nicht die verrückte Meg, die immer noch glaubt, sie sei die Schönste im ganzen Land, nur weil's hier keinen Spiegel gibt? Dann würden wir wenigstens unsere Ruhe haben! Oder dieser Schmied aus Dungannon, der immer dieselben Witze erzählt, die schon oben niemand hat hören wollen?

»Lass mich schlafen …«, habe ich gemurmelt, doch Morragh kannte keine Gnade.

»Lass deine Witze«, bestimmte er. »Und komm endlich, solange die Tore noch offen sind.«

Es gab niemanden, der auf mich hörte. Niemand hörte mir überhaupt zu. Sie nahmen mich und zerrten mich und schoben mich in einen Gang und auf eine Öffnung zu, die vorher noch nicht da gewesen war, und alle redeten sie durcheinander, was ich mir ansehen und wohin ich gehen und was ich alles tun sollte. Um ihnen nachher davon zu berichten, natürlich. Und ehe ich wusste, wie mir geschah, fand ich mich auch schon hier draußen wieder, in dieser fremden, seltsamen Welt, die nicht die ist, aus der ich gekommen bin, und in die ich auch gar nicht gewollt habe.

Die Kälte lässt mich wieder zittern, doch ich rühre mich nicht vom Fleck. Ich stehe einfach da und starre auf dieses steinerne Material, mit dem die Erde zugedeckt ist, auf die gefährlich lärmenden Kästen, die schneller an mir vorbeistürmen, als es ein Wagenlenker jemals zuwege gebracht hätte, die Bauwerke mit ihren erleuchteten Fenstern, die beinah so hell sind wie die Sonne. Menschen eilen an mir vorbei, sie tragen fremdartige Kleidung – vielleicht braucht man die in ihrer Welt zum Schutz gegen die seltsamen Kräfte. Nur der Himmel ist noch derselbe. Ich erinnere mich an den alten Mond und die Sterne in jener Sommernacht hinter der Weißdornhecke mit Eithne, bevor ich zu ihrem Vater ging.

Doch was nützt es mir, wenn alte Erinnerungen wiederkehren? Was nützt es mir, wenn der Mond dort wartet, wenn Regenwolken ihn verschleiern und erste Tropfen mich durchdringen? Ja, sie durchdringen mich *tatsächlich* – es ist ein ekelhaftes Gefühl.

Ich bewege mich ein paar Schritte zurück, bis ich unter einem Vordach stehe. Neben mir führt eine dunkle Gasse zwischen den Häusern hindurch zu den Hinterhöfen, und als ich mich an die Wand drücke, nehme ich eine Bewegung wahr. Und dann erkenne ich grüne Lichter – so gibt es auch noch Katzen hier! Es ist ein tröstlicher Gedanke, und fast hätte ich tatsächlich gelächelt.

Conall ist ein Narr. Das ist er schon immer gewesen, und dass er gestorben ist, hat nichts daran geändert. Ich wusste es, Eithne wusste es, nur er selbst hat es wohl nie begriffen. Manche sind eben so, und dann müssen sie sich auch nicht wundern, wenn sie ihren Teil im Leben abbekommen.

Womit ich es allerdings verdient habe, auch noch hier unten im selben Sektor mit ihm ruhen zu müssen, wissen wohl nur allein die Götter. Und statt neben Eithne zu liegen, darf ich jetzt alle Tage diesem vertrottelten Narren zur Seite sein und in sein *Gesicht blicken, wenn ich erwache. Und in seinen Augen langweilige Geschichten von Freundschaft lesen, auch wenn er dazu kaum Worte braucht. Bei Calatins Speeren, sind wir etwa noch Kinder?*

Die Götter müssen mich wohl hassen. Nicht nur, dass jetzt gerade dieser alte Narr auserwählt werden musste, ohne das im Geringsten zu würdigen – nein, ich soll auch noch sein Kindermädchen spielen! Die wahre Aufgabe eines Kriegers. So kann das alles nicht weitergehen. Ich werde mir etwas einfallen lassen, wenn ich wieder zurückkomme. Irgendwas. Mit mir kann man auch nicht alles machen.

Doch erst muss ich tun, was sie von mir wollen – vielleicht gewinne ich dann ja noch ein paar Punkte. Das ist der einzige Grund, der zählt. Und wenn Conall, der Narr, noch nicht von seinem Ausgang zurück ist, dann werde ich ihn eben suchen, bevor die Tore für dieses Jahr schließen. Immerhin hat es ja auch sein Gutes: Ich komme ebenfalls heraus, auch ohne auserwählt zu sein. Muss man einfach mal so sehen.

Der liegt sicher in einer Ecke und schläft. Darauf möchte ich wetten.

Die Katze schleicht langsam zu mir heran, gleitet aus den Schatten heraus wie aus einem zweiten Fell. Ihre Augen leuchten noch immer, und jetzt bleibt sie vor mir stehen. Es ist, als würde sie mich betrachten – aber das ist ganz unmöglich. Niemand aus dieser Welt kann mich sehen. Ich existiere hier nicht, wie sie es kennen.

Doch die Katze streicht nicht weiter, sie lässt sich vor mir auf dem Boden nieder, achtet nicht auf Wind und Regen. Sie leckt ihre Pfote und betrachtet mich dabei aufmerksam – oder etwas in meinem Rücken? Ich drehe mich um, doch da ist nur die Wand. Was kann ihre Neugier fesseln?

Sie ist ein großes Tier, und in der fremden Helligkeit der erleuchteten Fenster kann ich erkennen, dass ihr Fell eine rotbraune Färbung besitzt. Und plötzlich öffnet sie ihren Mund wie zu einem Gähnen.

»Eine scheußliche Nacht heute, nicht wahr? Was tust du eigentlich hier?«

Ich zucke zusammen, ich kann nicht anders. Bei dem Himmel und dem Mond, kann sie mich *sehen*? Kann sie mit mir *reden*?

»Oh, verzeih, ich wollte dich nicht erschrecken. Bist du noch nicht lange … in diesem Zustand?«

Ich versuche, Ordnung in meine verwirrten Gedanken zu bringen. »Was … wieso … Niemand kann mich wahrnehmen … Wieso kannst du *sprechen*?«

Sie blickt mich aus ihren unergründlichen grünen Augen an. »Ich kann dich sehen, und ich kann mit dir reden. Du weißt nicht viel über uns, nicht wahr? Heute Nacht ist Halloween, deshalb bin ich hier. Und du doch auch, nehme ich an?«

Ich blicke immer noch völlig entgeistert. »Soll das heißen – du bist auch …«

Sie nickt bedauernd und leckt wieder ihr Fell. »Tot, ja, mausetot, wie du. Glaubst du, nur ihr Menschen könntet wandern? Glaubst du, nur ihr hättet eine Seele? Wie überaus anmaßend von euch. Aber so wart ihr ja schon immer.«

Ich bringe so etwas wie ein Räuspern zustande. »Verzeih, ich wollte dich nicht beleidigen. Vielleicht weiß ich wirklich zu wenig von all dem, was hier geschieht und geschehen ist. Ich muss gestehen, ich habe mich nie so sehr darum gekümmert. Ich … ich habe viel geschlafen, weißt du. So vergeht die Zeit, bis man mich wieder rufen wird.«

Die Katze nickt. »Wie ist dein Name? Und wann bist du …«

»Conall von Ulaid. Ich weiß nicht, wann ich gestorben bin, aber es ist schon sehr lange her. Niall von den neun Geiseln war damals unser Hochkönig.«

»Einen Hochkönig kenne ich nicht.« Ihre Stimme ist beinahe ein Schnurren. »Ich habe bei einer alten Dame gelebt, mit weiten, raschelnden Röcken und weichen Kissen.« Und dann, interessiert: »Bist du in seinen Diensten gefallen?«

»Nein.« Ich ringe mich dazu durch, weiterzusprechen. »Man hat mich vergiftet. Eithne war es, meine Frau. Ich habe nie verstanden, warum.«

Sie beugt den Kopf ein wenig vor und ich sehe in ihre Augen. Die schwarzen Pupillen in dem Grün sind wie ein dunkler Spiegel, und ich erkenne mich darin so, wie ich einmal gewesen bin – rotes Haar, roter Bart, breite Schultern wie zur Zeit meines Todes. »Siehst du mich so?«, flüstere ich. »Kannst du mich so wahrnehmen?«

»Dies ist das Bild, das du mir sendest. Wie sehe ich denn für dich aus?«

Ich beschreibe es ihr und sie nickt zufrieden. »So soll es sein. So ist es gut.«

»Hast du einen Namen?«, frage ich, und sie scheint vor sich hin zu lächeln.

»Keinen, den du aussprechen könntest. Nenn mich einfach Copper.«

Hier draußen ist es ja atemberaubend! Kein Wunder, dass alle ganz wild darauf sind, einmal wenigstens rauszukommen. Wie sich alles verändert hat – kaum zu glauben und kaum zu verstehen. Gut, dass ich das auch gar nicht muss. Schließlich hab ich nur wenig Zeit und die will ich auch gut nutzen.

Wo kann sich der Dummkopf nur herumtreiben? Ich spüre, dass er nicht weit sein kann, er muss hier ganz in der Nähe sein.

Und ich spüre noch etwas – jemand ist bei ihm. Wer kann das sein – hier und jetzt?

Dort vorn scheint etwas stattzufinden. Menschen gehen in ein Haus, und wenn sich die Türen öffnen, tönt so etwas wie … Musik heraus. Musik – na sicher, dort werde ich ihn finden. Die hat ihn ja früher schon interessiert.

Na, dann wollen wir doch mal. Vielleicht gibt's auch sonst noch was Hübsches da drinnen? Wenn Eithne schon nicht hier sein kann.

Ich weiß nicht, wie viel Zeit vergeht, während ich mit Copper an der Hauswand sitze und wir uns unsere Geschichten erzählen. Ganz von allein findet meine Hand zu ihr und krault ihr das weiche Fell, obgleich ich weder eine Hand besitze noch sie ein weiches Fell haben kann. Ich habe es aufgegeben, mir darüber Gedanken zu machen. Wir sitzen hier und tauschen uns aus, während um uns herum die Kälte und Nässe dieser Welt, die nicht die unsere ist, nur darauf wartet, uns dorthin zurückzustoßen, wohin wir rechtmäßig gehören.

Mein Blick geht zum Himmel und zu den Sternen, und ich erkenne, dass die Zeit unserer Rückkehr gekommen ist.

»Sie werden bald die Tore schließen«, sage ich, und ich bin trotz allem froh, dass ich heute Nacht hinausgegangen bin. »Wir müssen uns beeilen.«

Copper gibt einen leisen Laut von sich, der geradezu bedauernd klingt. »Und ich fing schon an, mich an dich zu gewöhnen. Ich bin ja eine Hauskatze, weißt du. Ich vermisse die Menschen dort, wo ich bin, so verrückt das auch klingen mag.«

»Ich werde dich auch vermissen«, gebe ich zu. »Ich glaube, wir wären gute Freunde geworden. Vielleicht würde ich dann auch nicht mehr ganz so viel schlafen. Wenn ich einen Freund bei mir hätte, meine ich.«

»Hast du denn keinen?«, fragt mich Copper, und es klingt beinahe mitleidsvoll.

Ich seufze leicht. »Morragh ist da, er war schon mein Freund, als wir beide noch Jungen waren. Er war immer an meiner Seite, auch noch nach meiner Hochzeit mit Eithne. Aber etwas ist anders geworden, seitdem wir beide tot sind. Ich glaube, dass er nach meiner Ermordung zu Eithne gezogen ist, obwohl er nie darüber spricht, doch wer könnte es ihm verübeln? Schließlich war sie eine junge Witwe und immer noch gesund und hübsch, und dass sie mich vergiftet hat, wie hätte er das wissen können? Trotzdem benimmt er sich mir gegenüber – anders.« Ich will nicht weiter darüber sprechen. »Vielleicht ist unsere Freundschaft aber auch nur ein Teil der Träume, in denen ich meine Zeit verbringe, und ich habe es früher nur nicht gemerkt.«

»Dann wach auf«, schnurrt Copper sanft. »Nimm mich zu dir auf deinen Arm. Wer will uns daran hindern, wenn du mich mit zurück zu dir nimmst? Es kann ihnen doch gleich sein, in welchem Sektor wir uns aufhalten, solange es nur nicht in der *Dieswelt* ist. Wir wären beide nicht mehr allein. Es wäre uns beiden geholfen.«

Wärme und Freude steigen in mir auf, Gefühle, die ich schon vergessen hatte.

»Dann lass uns gehen«, sage ich. »Ich spüre das Tor, das sich schließen will.«

Viele Menschen, gedrängte Menschen. Wie soll ich Conall da nur finden? Ob ich hier überhaupt richtig bin? Ich kann ihn plötzlich gar nicht mehr fühlen.

Die Menschen bewegen sich im Takt der Klänge, begleitet von bunten Lichtern. Manche sind sehr merkwürdig angezogen, und Girlanden aus Fledermäusen und Kürbissen ziehen sich durch den Raum. Ich verstehe nicht, was das alles soll, aber ich kann mir die Menschen betrachten, ohne dass sie mich sehen können. Die Frauen hier sind zwar verrückt, aber immer noch so gut gebaut wie früher.

Wenn bloß dieses nervtötende Dröhnen nicht wäre – nennen sie das etwa Musik? Die hätten wir gebrauchen können, als wir gegen Ferghus Og in den Krieg gezogen sind – die Gegner wären in Scharen geflohen. Das ist ja kaum auszuhalten!

Oh, Schwerter und Stein, die Frau dort vorn – ihr Kleid enthüllt mehr, als es verdeckt – und die Bewegungen ihrer Brüste – dafür ertrage ich sogar den schmerzenden Lärm …

Ich wünschte nur, Eithne wäre hier. Wir beide, noch mal eine Nacht zusammen … und dann müsste der alte Narr einfach mitten hineinplatzen. Vielleicht würde er dann endlich begreifen. Weshalb hätte ich Eithne nur mit dem Besitz ihres Vaters nehmen sollen, wenn ich auf diese Weise gleich zwei Besitztümer haben konnte? Sie hat mir niemals widersprochen, bei dem Plan nicht und auch nicht bei späteren. Oh, Eithne. Wenn du es wärst, die dort vorn stände … Aber die Frau ist wirklich nicht schlecht!

Ich stehe und starre wie gebannt, kann mich nicht losreißen von dem Treiben. Ich verdränge alle anderen Gedanken, sie sind im Augenblick nicht wichtig. Wenn ich nur mein Schwert hier hätte, ich würde das Gekreisch erschlagen, und dann nähme ich mir diese Frau, und ich … ich weigere mich, tot zu sein. Ich habe Gefühle, Empfindungen!

Was … bei allen …? Es zieht mich … es wirbelt … Irgendetwas ist verkehrt! Ganz verkehrt! Verdammt … das Tor … Ich muss hier raus … Warum kann ich mich nicht bewegen? Und wo ist das Tor? Ich kann es nicht mehr finden … Ist es – geschlossen*?*

Und was ist mit mir*?*

Das kann nicht wahr sein. Das ist nur ein Traum! Immer noch kann ich mich nicht rühren, und jetzt … das Gehämmer bringt mich um den Verstand! Jetzt zieht es mich mitten hinein … in diesen Kasten … Ich spüre seine pulsierende Kraft, die mich überwältigt, an sich bindet wie ein Magnet – gefangen – gefangen*!!*

In einem Jahr werden sie das Tor wieder öffnen – doch werde ich es dann noch dorthin schaffen?

Bei allen Göttern, sucht denn niemand nach mir?

Ich fahre hinein in die hämmernden Töne, meine Gedanken springen fort … ich denke nicht mehr …

Ich gleite hinüber in meinen Traum, und neben mir regt sich die Wärme der Katze. Ich bin glücklich und zufrieden, und dass Morragh nicht hier ist, soll mich auch nicht mehr stören. Wer weiß schon, wo er stecken mag. Ich weiß sowieso viel zu wenig von ihm.

Und während sich mein Traum öffnet, scheint es für einen kurzen Augenblick, als lächle mir ein Wesen zu, eine Frau von fremder, hoher Schönheit, doch als ich mich darauf konzentrieren will, verliert sich der Traum in kleinen Wolken, und ich spüre nur Copper an meiner Seite. Ich lächle in die Nacht hinein, gemeinsam gleiten wir in einen neuen Traum, und meine Gedanken fliegen schon wieder weit fort.

Bist du schon einmal in Pauls Kneipe an der Hauptstraße gewesen? Die spielen eine Musik, sag ich dir … die hat noch jeden vom Hocker gerissen. Weiß gar nicht, was die mit ihrer Anlage machen. Vor allem die Halloween-Partys kann ich nur empfehlen. Dann drängt die Musik, als wollte sie fort – das reißt dich wirklich von den Füßen.

Also, wir sehen uns. In dieser Welt oder anderswo!

Über die Autorin

Birgit Otten, Jahrgang 1964, lebt im Ruhrgebiet und schreibt hauptsächlich Fantasy, in der es abenteuerlich, romantisch, märchenhaft und unheimlich zugehen kann. In den Jahren 2013 und 2014 veröffentlichte sie als »Katjana May«. Einige ihrer Texte haben Auszeichnungen erhalten.

Homepage: https://www.birgit-otten.de

Möchten Sie der Autorin schreiben? Sie erreichen sie unter der Anschrift mail@birgit-otten.de.

… Mehr Kurzgeschichten?

Dunkel, unheimlich und magisch:

Halloween 2: Noch mehr verspukte Geschichten

Abendrot: Sieben bewölkte Geschichten

Märchenhaft und geheimnisvoll:

Märchen: Zwölf magische Geschichten

Magisches Weihnachten: Kurzgeschichten

Abenteuerlich, gefühlvoll und schicksalhaft:

Fernland: Sieben unerforschte Geschichten

Wind aus fremden Welten: Fünf magische Begegnungen

Für Kinder:

Als der Pinguin einmal fischen ging:
Kleine Freundschaftsgeschichten fürs Kindergartenalter

Printed in Germany
by Amazon Distribution
GmbH, Leipzig

23850947R00037